A mi papá y a los mares
que nos hicieron crecer.

Primera edición, 2017
Primera reimpresión, 2021

Massai, Francesca
Mares de invierno / Francesca Massai. — México : FCE, 2017
[32] p. : ilus. ; 22 × 17 cm — (Colec. Los Primerísimos)
ISBN 978-607-16-2629-5

1. Literatura infantil I. Ser. II. t.

LC PZ7 Dewey 808.068 M329m

Distribución mundial

Carretera Picacho Ajusco, 227; 14738 Ciudad de México
www.fondodeculturaeconomica.com
Comentarios: librosparaninos@fondodeculturaeconomica.com
Tel.: 55-5449-1871

Editoras: Socorro Venegas y Susana Figueroa León
Formación: Miguel Venegas Geffroy

ISBN 978-607-16-2629-5

Impreso en México • *Printed in Mexico*

Francesca Massai

MARES de INVIERNO

LOS PRIMERÍSIMOS

Cuando me enojo con papá todo es rojo.

Mi corazón se acelera,
mi cara se transforma.

Mis ojos son grandes
como un búho en la noche.

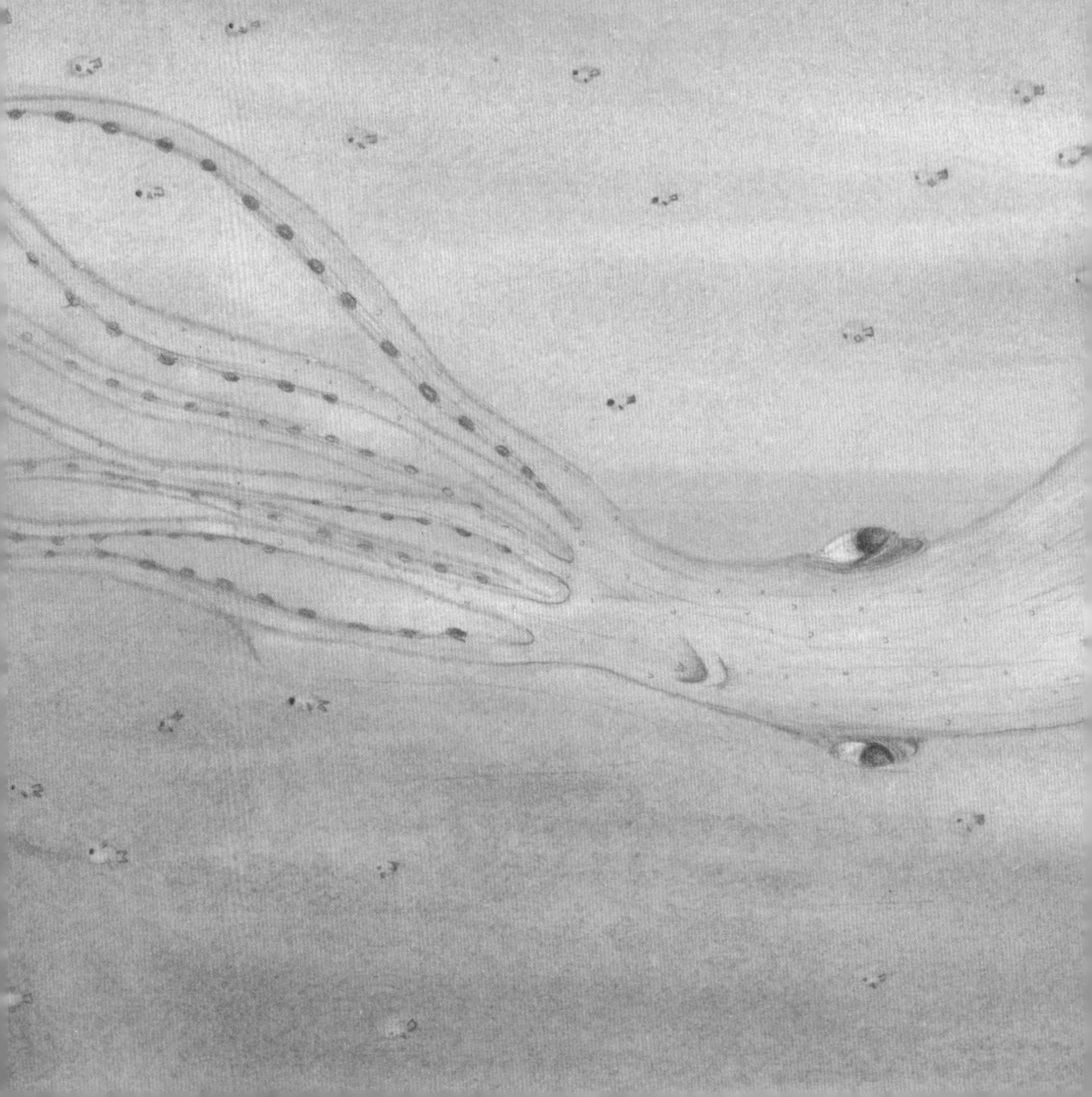

Mis labios son finos como
una serpiente en el desierto.

Mis cachetes, volcanes en erupción.

Mi frente, una tormenta tropical.

Cuando quiero gritar a todo
el mundo lo mal que estoy...

mi corazón se achica tanto hasta desaparecer.

Pero entonces, algo pasa.

Nos miramos a los ojos y
dejamos atrás nuestros mares de invierno.

Mares de invierno, de Francesca Massai,
se terminó de imprimir y encuadernar en
julio de 2021 en Impresora y Encuadernadora
Progreso, S. A. de C. V. (IEPSA), calzada San
Lorenzo, 244; 09830 Ciudad de México.

El tiraje fue de 4 800 ejemplares.